Chį́į́łgai, Na'nįłkaadii
White Nose the Sheep Dog

by
Marjorie Williams Thomas

Navajo Editing by
Darlene M. Redhair

Illustrations by
Rudy E. Begay

Salina Bookshelf
Flagstaff, Arizona 86001 USA

Salina Bookshelf Flagstaff, Arizona 86001

ISBN 1-893354-17-2 (alk. paper)

Library of Congress Catalog Card Number 00-109616

Printed in the United States.

The paper used in this publication meets the minimum requirements of the American National Standard for Information Sciences- Permanence of Paper for Printed Library Materials, ANSI Z39.48-1984.

Dedicated to all of my grandchildren.
Marjorie W. Thomas

Háadi shį́į́ t'ah ńt'éé' naasháálágo ádaa'ákoniisdzį́į́'. T'ááyó deesk'aazgo nídích'ihgo shimá dóó bił héijéé' bił naashkei ne'. Hááhgóshį́į́ nida'ahiniilchéego ahaanaanéikah. Nihimá éí nahjí chéch'il bit'ą̨' deitsoigo bikáá' dziztį́igo honéijah.

Ayóogo ch'ééh déyáago nétį́į ne'. Chéch'il bit'ą́ą́' shíchį́į́h bik'iji' bił aheyóołgo ch'éénísdzid. Nahgóó niséghal ńt'éé' yéego hį́į́łch'į'. Áko t'ah ńt'éé' t'áá sáhí sétį. Tsxį́į́łgo náhidiishtah. Shimá dóó bił héijéé' ádin. T'óó nísísdzíidgo héíchxa. Hááhgóshį́į́ yishchxago ałná hanáshwo'go hodíina'. Shimá dóó bił héijéé' ch'ééh yíníshí.

I was with my mother, brothers and sisters. There was a cool breeze. We were playing tag. I was so exhausted from running that I lay down to rest. Our mother was resting on a bed of yellow oak leaves. A leaf blew on to my nose. I must have fallen asleep. When I woke up it was late afternoon and I realized that I was all alone. I quickly got up and looked in all directions for my family. I was frightened! I ran around calling them. I started crying.

Háaji'go shį́į́ nihighan ne'. T'óó shił náházyiz. Dah dideeshwołjigo éí doo shił bééhózin da. T'óó yishchxago ałná hanáshwo'. Shíighahgóó éí ha'át'íishį́į́ ts'idiil yiits'a'go ch'éhélyeed. Bits'á níyolgo chéch'il bit'ąą' shíighahdóó bił hahayóół. T'óóga' bááhádzidgo biniinaa shiyaa nahalyiz. Shijéí yę́ę dah náltałgo t'óó ni'jį' náníshjoł. T'ah ńt'éé' shíighahjį' ła' niiltła. Asdzą́ą́ léí' ii'hááyá dóó shich'į' dah diiyá. T'óó binásdzidgo ni'jį́ néshjool. Hazh'óó'ígo náshidiiłtį́. Haash dah shilééh niizį́į́'. Kót'éego diné ła' náhodiiłtéehgo t'óó yóó' adahwiiłhą́ą́h dajiníine'.

I couldn't remember which way home was. I was confused. I didn't know which way to go. I was running back and forth crying. Some terrible sounding things kept running by me. They created a breeze that blew the yellow oak leaves away from me. The sound frightened me, my heart was pounding. I snuggled close to the ground when I heard one coming. Suddenly one of the terrible sounding things stopped by me. A lady got out and came towards me. I was afraid and snuggled close to the ground. She carefully picked me up, patting me from my head down my back to my tail. I wondered what she was going to do with me. My mother had said that when a human catches you, they throw you away.

Áko ha'át'ííshį́į́ ts'idiil yiits'a'ą́ą yiih shííłtį́. At'ééd ałts'íísí léi' hááhgóshį́į́ shich'į' dah doolnih. Áají' bílák'ee shi'doołtį́. Yishchxago hááhgóshį́į́ ádíshóltą'

The lady took me to the roaring thing. A little girl reached out to me. I was carefully placed in her hands. She held me close to her as I cried.

"Bimá hadadíníitaał," níigo dah shoołtééł. "T'óó bahajoobá'í yee'," náádoo'niid. Áko t'áá'áyi'ídi, "Aoo', aoo'," dishníigo hatsésk'ee dasétị. "Bimá shịị yóó'eelwod," níilá asdzą́ą́ náshidiiłtínée. Áádóó at'ééd yę́ę́ hááchxa. "Díidí t'óó bahajoobá'í. T'áá kǫ́ǫ́ ninádadiiltééł," náádoo'niid at'ééyázhí. Áko asdzą́ą́ náshidiiłtínée, "Dooda! Bik'i chí'doolwoł," níilá.

As she held me she said, "Let's look for its mother. I feel sorry for it." I was saying, "Yes! Yes!" as I lay on her lap. "His mother probably ran away," said the lady who picked me up. Then the little girl started crying. The little girl said, "Let's leave it here." The lady who picked me up said, "No! It will get run over."

Áko ts'idiil yiits'a'ą́ą nihił dah diilwod. Nihił yilwołgo shibid haashį́į́ yiyiilaa. K'adę́ę diskóohgo nihił oolwoł. Nizhónígo at'ééd bitsésk'ee hoolzhóligo sétį́įgo iiłhaazh.

The roaring thing took off with us. It upset my stomach, I wanted to throw up. I was lying on the little girl's soft lap. Soon I went to sleep.

T'ah ńt'éé' nihił ni'ítłah. Ii'hajiiskeigo índa ii'hashi'dooltį́. Tsin adaazáhíg'íiga' łahgo ádaat'é. Áko ga' t'ááýéego biká'ígi ii'a' dóó yéego deesk'aazgo ních'i. Áádóó ńléí ha'át'ííshį́į́ t'óó báádahadzid léi' bighan góne' yah adashidzistį́. T'áá ákwe'é ni' nidashidzistį́ dóó shits'ą́ą́' dashdií'áázh.

Suddenly I was awakened by the stop of the roaring thing. Everyone got out of the thing. I was the last to be taken out. I saw different kinds of trees around us and the sun seemed to be setting. I was taken into the home of some terrible looking creatures. I was put on the ground. The little girl and the woman left.

Aadą́ą́' t'óó báádahadzid léi' shi'chį' nidahakáahgo dashiłchin. Bináá'ga' ła' dootł'izh. Ła' éi bidee' ayóí ádaniłtéelgo ałk'idaasgiz. Ła' éi t'óó bádahadzidgo bighaa' nidahaazyį. Ła' éi doo ádaat'ée da. Binásdzidgo hááhgóshį́į́ yishchxa. Ła' binii' łizhin léi' hááhgóshį́į́ shich'į' nikídíltał.

These terrible looking creatures came up to me and started smelling me. Some had green eyes. Some had wide twisted horns. Some looked terrible with long hanging hair. The creatures scared me. I cried. One black-faced creature started stamping its hooves at me.

Shitah hoditłidgo ńléí nástł'ah góne' eeshna'go áádéé' dah dinistsiz. Tsin ga' náhineeskáalgo yii' dabighan. Wódahdéé' tsin dah shizhoozh. Ayóo hółchxon. Shináłt'éhígíi ndi doo la' ákǫ́ǫ́ naagháa da. Díí t'óó bádahadzidígíí la' bik'os gónaa yoozílí bạạh dah naaznil. Nídahidi'náahgo "zil, zil," nídadiits'įįh. Ayói íits'a'go da'ahigá. Ha'áá'tííshįį daaníigo daacha. Bidee' ałhínídeidiiłgohgo t'óó hóyée'go diits'a'. Ts'ídí táadoo íits'a'í nástł'ah góne' dah dinists'iz. Áko dichin shi'niiłhį. Shich'íí' daachxa. Áyói íits'a'go shibid bii'jį' hodiits'a'. Shimá dóó bił héíjéé' dashạ' háadi naakai nisin. Doo shił hóóts'íi da. Áko ndi héíchxago díí ha'át'įįishįį nidaakeiígíí daashįį dashidoolííł. Áko ts'ídí t'áadoo íits'a'í sédá. Bił héíjéé' shįį hááhgóshįį da'ałt'o'nisin. Shínaaí la' ayóo dibid. Ayóo ádíhólníihgo nihíná'áłchééh ne'. Shitsilígo éí nék'eeshchaa'í jílį. Áłahjį' hóná'áchééh. Áko ayóo hats'iiní. K'ad shįį t'ááshọọ la' nídziits'ọs nisin.

I was just shivering from fright as I crawled into a corner. These terrible looking creatures lived in a circular pen made of boards with an overhanging roof. The place smelled foul. Some of the terrible looking creatures had bells hanging around their necks. When they moved, the bells tinkled. When their horns hit one another they made a scary noise. Their cry was strange. I was very quiet and hungry too. My stomach growled. I wondered where my mother, brothers and sisters were. I was lonesome. If I cried out, these terrible looking creatures might do something awful to me, so I kept quiet. I imagined my brothers and sisters having dinner. My oldest brother was greedy. He would hog all the milk. The youngest skinny one was always being cheated out of his share of the milk. I thought he might get some milk now.

T'áadoo baa'ákoniizį́'į́ t'ah ńt'éé' at'ééyázhí "Chį́į́łgai," shiłníigo náshidiłtį́. Shíchį́į́ łigaigo shį́į́ ákót'éego shijíizhi'. Łahjį' éí łinistso. Asdzą́ą́ náshidiiłtínée baa shi'deeltį́. Ha'át'ííshį́į́ dadi'il yę́ę́ yiyaa góne' ashinííłne'. Ha'át'ííshį́į́ shinii' bik'ésdááz. K'asdą́ą́' shił niníigo'. Shizábąąh yiłnáád ńt'éé' abe' át'éé lá. Áádóó dichin nishłínée hááhgóshį́į́ dishch'ałgo bee nániishchaad. Ch'ééh k'adí nisingo háágóshį́į́ abe' shik'éhéłdaas. Áádóó ni' nishi'deétį́. Shibid k'adę́ę́ diildǫǫhgo ch'ééh dah diisháah. Hojoobá'ágo nástł'ah góne' anááshna'.

Suddenly the little girl was calling, "White Nose, White Nose." She picked me up and handed me to the lady. I guess she named me White Nose because I have a white nose. The rest of me is yellowish. The lady stuck my head under one of the terrible looking creatures and squirted something on my face. I almost choked on it. When I licked around my mouth, I tasted milk. I began lapping it up as it came squirting onto my face. I was full in no time, yet the milk continued to squirt onto my face. Finally I was put on the ground. I was so full that I thought my stomach would burst. Slowly I crawled back to the corner.

Ha'át'íishíí t'óó bádahadzid yéę nídashinél'įįh. Nétįįgo iiłhaazh lá. Ch'éé níisdzid ńt'éé' tł'éé' haslį́į' lá. T'ah ńt'éé' binasdzid yéę ła' binahjį' sétį. Ayóo chahałheeł dóó deesk'aaz. Háadishį́į né'éshjaa' léi' áníits'a'. Binásdzidgo ha'át'į́íshį́í daditł'o yéę yéego bíshíshjéé'. Ei ga' ayóo łééchąą yázhí náyiiláahgo yóó' ayiiłjiid dóó biyázhí dahayį́íh dajiníine' nisin. Shí éí dah azkánée biyaagi sétį. Honeezílígo hat'íishį́í t'óó báádahadzid yéę binahjį' sétį. Ch'énóadzííd lágo nisingo t'áadoo íits'a'í sétįígo ná'iiłhaazh lá. Shimá dóó bił héíjéé' baa niyéyeel. Akéédéę' naagháhígíí ga' háágóshį́í abe' hazaha'nííh nisin. Jidibid yéę éí asdzą́ą́ béé dzíldzidgo t'óó ńléídéę' jidéez'į́í' nisin.

These terrible-looking creatures just stared at me. I must have gone to sleep. When I woke up it was night and I was sleeping next to one of the terrible looking creatures. It was dark and it was cold. I heard the hooting of the owl in the distance. I was afraid and I snuggled closer to the terrible looking creature. Mother had told us that owls haul puppies away and feed them to their little ones. I was sleeping under the overhanging roof. It was nice and warm lying by this terrible looking creature. I didn't want to wake it up so I lay very quietly and I went back to sleep. I dreamed about being with my mother, brothers and sisters. The lady was squirting milk into the mouth of the last born. The oldest greedy one was just watching. He was afraid of the lady who was feeding my youngest brother.

Ch'éénáánísdzid ńt'éé' hayííłką́ą́ lá. Ha'át'ííshį́į́ daditł'o yę́ę́ bíighah sétínée ádin. Ła' t'ah nahgóó naazhjée'go nída'at'aał. Nástł'ah góne' anáashna'go áádę́ę́' hataashhal. Dichin náánísdzin. Daditł'o yę́ę́ kǫ́ǫ́ ła' sizį́įgo hazhóó'ógo biyaa' ííyá.

It was dawn when I woke up. The terrible looking creature that I was lying next to was gone. Some were lying down chewing their cud. I crawled back into the corner and just watched them. I was hungry. One of the terrible looking creatures was standing close by as I cautiously went under it.

Háádéé' lá abe' shich'į' háágo' ne' nisingo bijáád deigo bąąh yiizį' ńt'éé' nahjigo dah diilwod dóó k'asdą́ą́' shik'i diiltáál. Aadéé shich'į naanáswod. Bidee' kóniłtéél dóó bináá' dootł'izhgo aadéé' bitsiits'iin yaa'át'éego shichį' nikiníyá. Yishchxago ńléí nástł'ahjigo yaashtáál ńt'éé' ałtso shináskai. Ts'ídí t'áadoo tsíts'áoshyeedíį́'da. T'áá'ákwii ahani'ádinisht'ą́. Hááhgóshį́į́ shijéí dah náltałgo dashiłchin. K'asdą́ą́' shijéí niiltła.

I looked up trying to find where the milk came splashing onto my face. I thought it was from one of the creatures so I stood up against its leg. The creature moved away so quickly that it almost stepped on me. It turned toward me and it seemed ready to attack me. The creature had wide twisted horns and green eyes. I cried out and ran from it. There was no place to hide. All the terrible-looking creatures surrounded me. I rolled up into a ball waiting to be hit. I almost had a heart attack as they smelled me.

T'áá haashchxéehgo t'ah ńt'éé' kodéé' at'ééyázhí yah eelwodgo shik'i'nííłkaad. Áko
daditł'o yéę shits'áníjéé'. Shitsee' distazgo hayaa eeshwod. T'áá' áko náshidiiłtį́. "Ahéhee'
yisdáshííníłtį́," hodishníigo hááhgóshį́į hashnaad. Asdzą́ą́ náánádá. T'áá' ákónáánát'éego
daditł'o yéę yiyaa góne' ashinííłne'. Aadéé' abe' shik'í náánásdááz. Tsį́į́łgo abe' yéę yishch'al.
T'áá'ákó náánát'éego ch'ééh k'adí nisingo abe' shinii' bik'é hełdaas. Hodíina'go ni' nishiníłtį́.
Shibid yéę k'adne' diildǫǫh. Ch'ééh dah diishááh.

Just when I was going to cry out, the little girl came running in. She chased all the terrible
looking creatures away from me. I wagged my tail as I ran to her. She picked me up. I licked
her saying thank you for saving my life. The lady came in. Again she stuck my head under
the terrible looking creature. As before, milk came splashing onto my face and I wanted her
to stop. I quickly lapped up the milk until I was full. When she finally put me down I felt I
was going to burst. I could hardly walk.

Daditł'o yéę náhidii'nééh dóó nída'ádílts'ǫǫd. Aadóó ńléí góne' ch'éhékááh. Aadóó akéé' dah diishwod.

The terrible looking creatures were getting up and stretching themselves. They started walking out through an opening in their home. I ran out after them.

Ch'íníyáago ńléí ałts'ą́ą́'góó hoot'į́. K'os deiyílzhood dóó bita'déé' ch'ínáá'át'ááh. Ha'át'íishį́į́ t'óó báádahadzid yéę́ bikéé' yishááł. Ch'il danitsaa léí' naazkaadgo biih yishwod. Áko áłą́ąjį́' doo hootį́į́ da. Ńléí háájigoshį́į́ yikah yiits'a'. Ch'ééh dah nídiists'ǫ'. Ch'il bą́ąh dah néisdzį́į́hgo índa t'áá ńléígóó hoot'į́. Dah náníshjį́į́hgo ałdó' daditł'o yéę́ néistsééh. Kót'éego t'éí hakéé' naashá.

When I was outside their home I could see in all directions. It was cloudy and every now and then the sun shone between the clouds. I followed the terrible looking creatures. The plants were so high above my head that I was not able to see the creatures. I could hear them. I tried stretching upwards. I stood up against a plant and I could see where they were in the distance. At times I jumped up to catch a glimpse of them. This is how I followed.

Ha'át'ííshį́į́ ayóo da'dishish léi' bik'ą́ą́h náshwo'go shaa'ádaazjil. Shikétł'ááh dę́ę́' t'óó' ayóo baa'adaazjil. Ch'ééh ádą́ą́h hahashnį́į́ł. Ła' shikégiizh góne' adaazjilgo ch'ééh hahashnííł. Shitsee' ałdó ła' baa'ííjil. Ch'ééh baa nists'ǫǫdgo shitsee' bikéé' naanááshbał. T'óó shił náhodééyá dóó bik'idéyá. Shikee' dóó shitsee' shił honeesgaigo akéé' naashá.

I bumped into something that had sharp points. A lot of these stuck beneath my feet and between my toes. I tried taking them out. One stuck between my toes and I tried taking it out. They also stuck into my tail. I tried to reach my tail. I went round and round after my tail and soon I was very dizzy. My tail and my feet hurt as I followed the creatures.

Yóó' anáshdáahgo akéé' naashá. Łah tséghą́ą' haséyáago ch'ééh adanáshdááh. Daditł'o yę́ę́ ńléí gó'ąą eekai. Shaadáádiikaigo ayói íits'a'go yishchxa. T'ah ńt'éé' asdzą́ą́ shich'į' haayá. Asdzánée hadoolghaazh. "Héi! Dibé!, Tł'ízí!, Jáádgishí!" T'áá' ákwii nihch'į' naanáskai. Dibé dóó tł'ízíga' daolyéé lą́ niizį́į́'. Asdzą́ą́ náshidiiłtį dóó ńléí dibé bibąąhdi nishinííłtį. Dibé dóó tł'ízí t'ááłáhígi nikidiikaigo gad yaagi iiłhaash. T'ah ńt'éé' shitsee' baa'i'jííshiizh nahalingo niigai. Ayói íists'ą́ą'go háíchxa dóó náhidiishtah. Hááhgóshį́į́ yę́ę́ yishchxago tsinyaa haashtáál. Shitsee' ch'ééh baanists'ǫd. Biyaahodéłhizgo jizhjéé yę́ę́ ałtso gadyaa háájéé'. Tł'ízí shį́į́ dah ts'aa' yiniiyé tsin yą́ąh yiizį́į́h ńt'éé' yą́ąh nidooltáalgo shitsee' yik'idiiltáál. Hojoobá'ígo shitsee' neezk'e'.

I kept getting lost. Once I managed to get up on a rock and I couldn't get down. The terrible looking creatures were going over the hill. They were leaving me behind. I cried out. The lady came over and picked me up. She yelled, "Hey! Sheep! Goats! Cane legs!" After she yelled, the sheep and goats turned around towards us. I knew then that these terrible looking creatures were called sheep and goats. The lady picked me up and put me down near the herd. They grazed around in the same area for a long time. I went under the cedar tree and went to sleep. Suddenly a piercing pain went through my tail. I jumped up and howled. I ran out from under the cedar tree. I tried to reach my tail. I must have frightened the sheep and goats for they too ran out from under the tree. I guess one of the big goats stood up trying to reach the mistletoe and its feet slipped and came down on my tail. It took time for the pain to stop.

Hazhóó'ógo da'ałchozhgo hast'edíít'e'. Biká'ígi ii'a'go hooghanjį' dibé nikinákai. I'íí'ą́ągo hooghandi nániikai. T'óó báhádzoo ch'ééh déyáá lá. Dibé bighan góne' yah anéikaigo nihidá'deelkaal. Áko ayóo dichin shi'niiłhį́. Tł'ízí dóó dibé doo shaanídaat'į́į da. Tł'ízí bibe' bits'ą́ą́' náshdlį́į́h yę́ę bikee' tádísháah. At'ééyázhí nihił yaah ííyáago hááhgóshį́į shił hóozhǫǫd. Hááhgóshį́į hach'į' shitsee' distaz. ìChį́į́łgai, Chį́į́łgai,ï níígo náshidiiłtį́. Asdzánée baa shi'deeltį́ dóó tł'ízí yiyaa góne' anáashiníiłne'. T'óó' ahayóí abe' shik'í nááheesdááz. Shibid k'adne' diildǫ́ǫ́hgo nahgóó dah diiyá. Kót'éego kodi níyá dóó ha'níiłkaad. Ayóo dibé dóó tł'ízí baanishchį'. Tł'ízí bibe' náshdlį́hígíí áłahjį' bikéé' naashá dóó bííghahgóó nishtééh.

The sheep and goats started to graze slowly. When it was near sundown we headed home. We arrived home at sunset. I followed the goat whose milk I drank. I was very tired. We all went back into the corral and the gate was closed. The sheep and goats left me alone. I was very hungry. I was very happy to see the little girl coming to me. I wagged my tail as she called me Chį́į́łgai, White Nose. She gave me to the lady. My head was stuck under the goat. I had my fill. My stomach felt like bursting. Every day I protect the sheep. Every night I sleep next to the goat whose milk I drink. This is how I became a sheep dog.

T'áá' ákódí